不一樣的維他命

謝鴻文◎文

徐建國◎圖

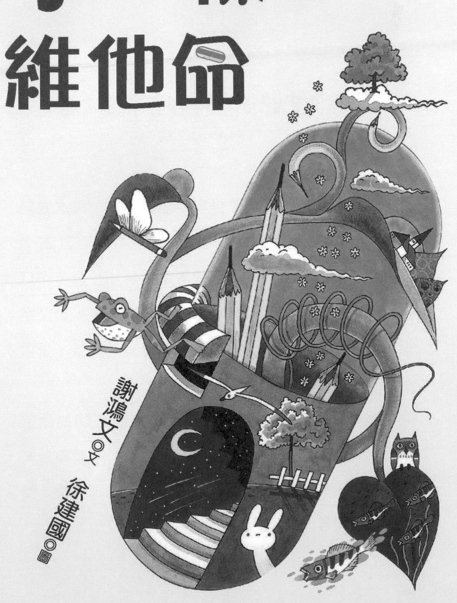

誰把修辭變無趣了？

經常在校園裡和孩子分享自己的創作，每次被問到：「要怎樣才能成為作家？」

我常說，大部分的作家都不是去參加什麼寫作班訓練出來的，也許有人有幾分才華來自天賦，對文字運用特別敏銳；但更重要的還是靠後天的學習，是要多讀、多看、多寫、多思考。

寫，是要真心喜歡，自己內心有股強烈的欲望想藉文字表達，不管投稿有沒有被刊登，不管參加文學獎有沒有被肯定得獎，內心能充滿鬥志、熱情、動機，就會願意一直寫下去。

而為了幫文章創作多些文采，於是有了修辭。修辭是一種表達的藝術，經過精心適度的修飾，文章會更吸引人、更有個性。

注意！我特別強調「適度」，正是為了提醒過猶不及，文辭變得太華麗雕琢時，彷彿看見一只被供奉在玻璃櫃內展示的精緻花瓶，不可親近，讀久又會乏味，這樣的過度修辭往往就是失去生命力的開始。

換言之，學會應用修辭，就好像廚師懂得如何善用適量調味料增加料理的風味。本來這是有趣的事，因為創作本來是很自由快樂的，多會一些方法技巧，寫作不會是難事，也富有變化。

但我們從小學到高中只要教修辭，最後的結果卻變成極枯燥無聊的考試測驗，如此一來只會讓孩子討厭而已！

　　修辭既然是寫作應用的方法，不是只要多練習多應用，用錯改掉就好，為何要用考試當目的檢驗呢？

　　所以我想讓學修辭這件事，變得輕鬆好玩一點，最好的方式就是用故事來包裝了。讓我們一起跟著故事裡的主人翁小禮和神祕的阿里不達魔法師相遇，雖然阿里不達魔法師不會教我們魔法，但是他有一罐充滿魔力的維他命，營養又有趣，體驗過後會發生什麼事呢？

　　請把你的想像力啟動，一起發現學修辭是這麼好玩有意思的事。最後要祝福你身體健康，頭好壯壯，一旦學會使用修辭方法，便不會再覺得寫作是苦差事了。

目錄

一個愛念繞口令
的老頭子

那是一個晴朗的豔陽天，小禮帶著他的滑板出門要去自家附近公園玩。在公園入口前的一棵榕樹下，有一個老爺爺坐在樹下念著：

老頭子餓肚子，上街去買東西填飽肚子。吃完包子吃餃子，吃完餃子吃豆子，吃完豆子吃橘子，吃完橘子吃桃子，吃完桃子吃李子，吃完李子吃梅子，吃完梅子拉肚子⋯⋯

小禮聽到老爺爺念的繞口令覺得很好玩，走更靠近時，老爺爺突然站起來，交給他一個玻璃罐。

「小朋友，要不要這個維他命，很有趣的。」老爺爺說。

「我為什麼要拿你的東西？我不需要這什麼維他命，而且我又沒有帶錢。」小禮回答完，轉身要走。

老爺爺拉住小禮說：「不要走，你很需要這個罐子裡的東西，你很討厭寫作文對不對？我是來幫你

的，如果你想提升自己的寫作能力，就要用這裡面的維他命，我可以送你喔！」

「又是維他命！我每天被我媽媽逼著要吃維他命ABCDE，吃得我都想吐了，你不要再害我了！」小禮皺著眉說。

「我這些維他命可不是一般的維他命。」

「難道是有魔法的藥嗎？如果是，我就更不想要了。」小禮搖頭拒絕，想轉身離開。

「這東西沒有魔法，可是有神奇效果。」老爺爺神祕笑著。

「有什麼神奇效果？會讓我變聰明嗎？」小禮問。

「這個罐子裡的維他命，是住在拉拉森林的阿里不達魔法師研發出來的『快樂玩寫作維他命』。這種維他命不會保證讓你變聰明，或者立刻成為作家，不

過，它會使你以後不再害怕寫作文，寫作的內容也會變得不一樣，句子懂得經過修飾，變得比較漂亮，有吸引力，閱讀起來很順暢，還有啊，它也會使你覺得寫作變輕鬆、自在、快樂，這就是當作家的感覺，作家喜歡和文字相親相愛，心靈的喜悅滿足就像大富翁，那是再多金錢也買不到的。」

老爺爺彷彿有神通，一眼看出小禮長久以來的苦惱，一語說中小禮的心事，使得小禮停下腳步，很認真的思考著要不要接受。

「可是……我爸爸媽媽說不能隨便跟陌生人拿東西。」小禮盯著老爺爺手中的玻璃罐說。

「你放心，為了證明這罐子裡的東西不是毒品，不會傷害人，我先吃一顆給你看。」老爺爺打開蓋子，隨便取出一顆，吃下去。

過了幾秒鐘，老爺爺又念著：

　　獅子身上長蝨子，獅子抓蝨子，蝨子咬獅子，獅子跳進沙子，滾來滾去像瘋子，頭撞到石子腫得像包子。

　　小禮聽完捧腹哈哈大笑。

　　「用過『快樂玩寫作維他命』，寫作的感覺永遠這麼輕鬆快樂。」老爺爺還是笑咪咪的。

　　「可是……我沒錢。」

　　「你放心，剛才我說過了，我這維他命只送給真心想使用的人，如果你想用我就送給你。」

　　小禮心想自己今天真幸運，怎麼有人要送這麼好的禮物給他，為了證明一切不是夢，他還偷捏了自己大腿一下，很疼，但真的可以確定自己不是在做夢。

你願意交出
你的想像力嗎？

不一樣的維他命

「老爺爺，你說的維他命真的有那麼厲害，是要送給我的嗎？它們吃了真的不會傷害身體嗎？」小禮又慎重問了一次。

「你不用擔心，這罐維他命絕對不傷身體；只要你誠心想試，我要送給你，你想試用看看嗎？」老爺爺問。

小禮猶豫了一會，終於點頭。

「好，我可以送你，不過有個條件……」

「什麼條件？」

「你願意交出你的想像力嗎？」老爺爺嚴肅的問。

「想像力？想像力要怎麼給人啊？」小禮反問。

「很簡單啊，你只要回答我一個問題就可以了。」

「快說！快說！什麼問題？」

老爺爺清一清喉嚨，一字一字清清楚楚的問：

星星＋月亮＝？

小禮豎起耳朵聽完之後，呆呆地愣住，無奈的說：「我最怕數學了，這是什麼奇怪的數學題啊，星星＋月亮會等於什麼呢？」

「這是我問你才對的呀！趕快發揮你的想像力啊！」

「喔，讓我想想……」小禮拚命抓著頭髮，過了一會，他才吞吞吐吐，很沒自信說出：「星星＋月亮，等於……等於……美麗的天空！」

「哈哈哈，好美麗的答案！」老頭子點頭拍手：「你可以得到這罐維他命了！」

「謝謝，可是……老爺爺，我不懂，寫作和想像力有什麼關係呢？」

「關係可大呢！想像力是靈感的泉源，先有源源

不絕的想像力，再配合『快樂玩寫作維他命』，寫作就輕而易舉，如魚得水了。」

小禮開心的笑了，頻頻點頭說：「我好像有點懂了！」

「如果你能配合著多讀好書，多練習『快樂玩寫作維他命』指示的方法，有一天你會完全明白。還有，千萬不要急，不要一次服用過量，要慢慢使用，慢慢思考喔！」

老爺爺也開心的笑著，然後放心把玻璃罐交給小禮。

「使用的時候如果有問題，記得到拉拉森林找阿里不達魔法師喔！」老爺爺叮嚀著。

小禮走後，老爺爺恢復原形，原來他就是阿里不達魔法師。阿里不達魔法師看著小禮蹦蹦跳跳愉快離開的身影，他也從心底感到喜悅。

想像力遊戲

❶

畫一個三角形，說說看三角形像什麼東西？

❷

畫一個圓形，說說看圓形像什麼東西？

❸

把三角形和圓形隨便組合在一起，會像什麼呢？

4.三角形的東西聯想接龍：三明治、三角板、山……

....

....

5.圓形的東西聯想接龍：輪胎、西瓜、皮球……

....

....

6.把三角形的東西和圓形的東西加在一起你會想到什

麼，用一個句子或語詞說說看？

例如：山＋太陽＝太陽喜歡玩捉迷藏的地方，直到早

晨才被找出來

....

....

....

7.接下來不限定與形狀有關,自行發揮創作,例如

　水＋魚＝

............................＋............................＝............................

............................＋............................＝............................

............................＋............................＝............................

向名偵探柯南
學習觀察力

　　小禮一回到家，他迫不及待打開玻璃罐，裡面裝的東西使用彩色紙包裝，簡直像一顆顆糖果。

　　他有點懷疑那真的是什麼維他命嗎？因為維他命通常都像藥丸一樣，或者做成膠囊形狀，怎麼會像糖果呢？他小心打開一顆，一邊吃著，突然注意到包裝紙上居然有一行字：

　　現在開始，你要向名偵探柯南學習觀察力。

　　「奇怪了，之前老爺爺說要先有想像力，現在又來個觀察力，而且還要跟柯南學習，怎麼學呢？」

　　小禮想了整晚，想得頭快爆炸了，還是不明白，所以決定隔天一大早就去找阿里不達魔法師。

　　阿里不達魔法師住的地方，彷彿童話裡的糖果屋，有著粉紅圈圈的棒棒糖是煙囪，屋瓦是一片片巧克力口味的餅乾堆砌成，牆壁是檸檬夾心餅乾，門是牛奶餅乾做成的，門把是太妃糖，圓形的窗戶是蘇打

餅乾，周圍還鑲了一圈水果軟糖。

糖果屋旁邊有一口小池塘，池塘裡竟然是果汁，會依四季有不同的口味變化，春天是柳橙汁，夏天是西瓜汁，秋天是葡萄汁，冬天是草莓汁。

小禮怔怔看著阿里不達魔法師的家，口水一直流，一直流，流到快把腳踝淹沒了。

不知道什麼時候，阿里不達魔法師已經悄悄站在門口，他輕輕咳了一聲，吸引小禮的注意。

小禮慌慌張張擦拭自己的口水，有點緊張的立正站好。

「歡迎你來，我等你很久了！」

小禮看著眼前的阿里不達魔法師，他不禁嚇一跳，眼前的人怎麼和之前在公園遇到的老爺爺長得一模一樣？

「你知道我要來找你？可是我又沒先跟你說？」

小禮說。

「哈哈哈，我是無所不知，無所不能的魔法師啊！」

小禮應了一聲「喔」，接著劈里啪啦告訴阿里不達魔法師他遇到的問題，阿里不達魔法師瞇著眼笑一笑，邀請小禮進屋裡坐，倒給他一杯甜甜的果汁，再慢慢地說：

「想像力雖然是寫作靈感的開始，但是如果少了觀察力，寫出來的文章還是跟木頭一樣，沒有生命力。如果你能夠仔細觀察生活周遭一切的人事物，像名偵探柯南辦案，連一根細微的頭髮都不放過，這樣才能破案。如果你能把眼睛睜大放亮，把想像力和觀察力加起來，那就像……」

不等阿里不達魔法師說完，小禮急著插嘴道：「像倚天屠龍劍一樣厲害，對不對？」

「哈哈哈，你的想像力進步了，接下來就去運用你的觀察力，才能好好感受這維他命的效用。記住，萬事起頭難，千萬不要貪心求快，要一步一步來，每次先服用一顆維他命，服用完之後，多練習就會增加你寫作能力的營養了。」

阿里不達魔法師家中的果汁實在鮮甜好喝，小禮很想多喝幾杯果汁，但要趕著去上課，只好向阿里不達魔法師告別了。

這天在學校裡，剛好老師要同學們以自己家人為對象，把握每個人的外貌，個性，習慣等特色做觀察想像，並把他們一一寫下來。

以前，小禮總是想破頭還是擠不出幾個字，他想到維他命上的指示和阿里不達魔法師的叮嚀，靈感突然源源不絕寫下：

　　說到我爸爸，他的腦袋如同一部字典，我們不會的字都難不倒他；可是為什麼爸爸還會常常忘東忘西呢？有時他要去上班了卻找不到車鑰匙，那時候爸爸的腦袋就像空氣一樣，什麼東西都沒有留存。

　　我媽媽是個精明能幹的職業婦女，她工作上不僅是女強人，在我們家也是女王，只要她一扳起臉孔不笑，臉上皺紋一條一條冒出來，我和妹妹都不敢再調皮，連爸爸也會被嚇到呢！

　　我妹妹大概遺傳了爸爸的迷糊，現在上幼稚園大班的她，常常會拿錯，帶其他小朋友的東西回家，還有一次更誇張，媽媽說她下班後去接妹妹，沒想到妹妹竟然牽到別的媽媽的手，直到上車才發覺坐錯了，趕緊下車。

　　至於我，如果每天功課少一點，不要上那麼多才藝課，我一定是很開心樂觀的人，我最大的心願就是

像超人一樣可以除暴安良，但是，我不喜歡超人的服裝，因爲把紅內褲穿在外面實在太奇怪了。

小禮這份不算正式作文的作業，贏得老師的高分讚美，老師說，他把家人和自己都描寫得很生動，雖然內容不長，可是值得大家參考學習。

這是小禮有史以來第一次覺得寫作並不難，他慢慢相信「快樂玩寫作維他命」的功效了。

 ## 觀察力遊戲

選擇一個空間，在限定時間內觀察空間內所有東西的形狀、顏色、數量、材質，內容越仔細越好。時間到之後，再一一說出剛才所見的東西。可用分組方式比賽。

讓想像力和
天空一樣高

這一天放學回家後，書包一放下，小禮迫不及待又打開一顆「快樂玩寫作維他命」。

包裝紙上跟早上看見的維他命相同，也有一行字，上面寫著：

譬喻法：你的想像力可以像天空無限廣闊。

「怎麼又是想像力！這三個字真像影子，一直跟在我身邊。」小禮在心裡小聲嘀咕。

不過嘀咕完了，他還是把這顆維他命吃下去，吃下去不久，卻出現了前所未有的症狀，耳朵裡好像戴著耳機，有人在跟他說話，聲音細細柔柔，彷彿廣播節目主持人一樣說著：

我們常聽人家說話時會「打個比方」，這就是在應用譬喻法，譬喻法又叫「比喻法」，簡單地說是在二件或二件以上的事物中，尋找它們的類似之點，並且用像、好像、如、有如、宛如、猶如、如同、彷

佛、好比、比如、比方、好似、似……等語詞來聯接形容，以具體的事物說明抽象的事物。例如：

春天，像剛落地的娃娃，從頭到腳都是新的，它生長著。（朱自清〈春〉）

朋友像是一本本的好書。（林良〈父親的信〉）

菜市街好比一個人家的廚房，廚房裡的冰箱；小康人家的廚房裡儲放了許多食物，紅番茄綠青菜，張著無言大嘴的鯉魚和弓著腰蹦蹦跳跳的蝦，這兒瀰漫著一股活生生的氣味。（桂文亞〈菜市街〉）

其他的小風箏大概飛倦了，它們的主人都停下來觀賞八角風箏的飛舞，它的長尾在天空搖過來擺過

去，好似仙女的彩帶，阿公把線軸交給我。（馮輝岳〈阿公的八角風箏〉）

雪的可愛，是它的悄然無聲，默默地累積起來。比起下雨天淅淅瀝瀝的情趣是不同，是另一種寧靜與安詳。而那棉花糖似的一片白，格外使我懷念小時候下雪天的快樂情景，心頭就有說不出的溫暖。（琦君〈春雪、梅花〉）

譬喻法主要又可以分成三大類：一叫「明喻」，二叫「暗喻」，還有一種叫「略喻」。明喻的基本句型是：「甲像乙」，就是句子中如果聯接兩件事物出現了前面說到的像、好像這些語詞，便是明喻的句子，「明」表示很明顯的意思；相反的，如果我們把像、好像這些語詞隱藏起來，變成使用「甲是乙」、

「甲成爲乙」等句型時，就代表隱喻的句子。至於略
喻，它的特色是不用明喻或暗喻的句型，直接把甲當
成乙，省略了像、是這些語詞。例如：

青蛙有如一個歌手，最愛在池塘邊唱歌。（明喻）

每天早晨，媽媽是我們全家人的鬧鐘。（隱喻）

微風這個小姑娘，跑到花園跟花玩。（略喻）

小禮聽到聲音慢慢消逝後，忽然在心裡冒出一句
話，我的腦袋好像被人換過了，說不定是愛因斯坦的
呢！他也因此知道譬喻法如果運用的恰當，好比一棵
快枯竭的樹，又長出讓人眼睛一亮的嫩葉。

臨睡前，他再把老師要求要背的唐詩拿出來朗誦：

旅夜書懷◎杜甫

細草微風岸，危檣獨夜舟。星垂平野闊，月湧大

江流。名豈文章著？官應老病休。飄飄何所似？天地一沙鷗。

他一直沉思著後面兩句：「飄飄何所似？天地一沙鷗。」想像著自己像羽毛輕飄飄飛揚，然後沉沉進入夢鄉。

 閱讀遊戲

找出詩中使用譬喻法的句子，並想想看還可以用什麼東西來形容。

旅夜書懷◎杜甫

細草微風岸，危檣獨夜舟。星垂平野闊，月湧大江流。名豈文章著？官應老病休。飄飄何所似？天地一沙鷗。

觀察力遊戲

以一個地方為觀察對象,例如校園,公園,火車站……,把你眼睛所見的人事物,並用譬喻法的三種類型(明喻、隱喻、略喻)形容看看。

例如:公園裡一個瘦弱的老婆婆,牽著一隻龐大像獅子的獵犬在散步,經過獵犬旁邊的小孩,都嚇得趕快逃離。

觀察地點:⋯⋯⋯⋯⋯⋯⋯⋯⋯⋯⋯⋯⋯⋯⋯⋯⋯⋯⋯⋯⋯⋯⋯⋯

觀察時間:⋯⋯⋯⋯⋯⋯⋯⋯⋯⋯⋯⋯⋯⋯⋯⋯⋯⋯⋯⋯⋯⋯⋯⋯

創作:⋯⋯⋯⋯⋯⋯⋯⋯⋯⋯⋯⋯⋯⋯⋯⋯⋯⋯⋯⋯⋯⋯⋯⋯⋯⋯⋯

⋯⋯⋯⋯⋯⋯⋯⋯⋯⋯⋯⋯⋯⋯⋯⋯⋯⋯⋯⋯⋯⋯⋯⋯⋯⋯⋯⋯⋯⋯⋯

⋯⋯⋯⋯⋯⋯⋯⋯⋯⋯⋯⋯⋯⋯⋯⋯⋯⋯⋯⋯⋯⋯⋯⋯⋯⋯⋯⋯⋯⋯⋯

⋯⋯⋯⋯⋯⋯⋯⋯⋯⋯⋯⋯⋯⋯⋯⋯⋯⋯⋯⋯⋯⋯⋯⋯⋯⋯⋯⋯⋯⋯⋯

⋯⋯⋯⋯⋯⋯⋯⋯⋯⋯⋯⋯⋯⋯⋯⋯⋯⋯⋯⋯⋯⋯⋯⋯⋯⋯⋯⋯⋯⋯⋯

你有感覺地球
的心跳嗎？

　　星期日早晨，小禮醒來，一邊想著昨天「快樂玩寫作維他命」教會他的譬喻法，一邊打開窗戶。

　　窗外的天空晴朗碧藍，白雲緩緩飄動著。

　　小禮的腦袋中突然冒出一個句子：「天空是雲的遊樂場，雲喜歡在天空翻滾。」這不僅是譬喻法（暗喻），也像詩句了。

　　小禮覺得服用「快樂玩寫作維他命」越來越好玩，因此他並沒有急著去刷牙洗臉，而是又取出一顆維他命，然後他看見：

　　摹寫法：你有感覺地球的心跳嗎？

　　「地球又沒有心臟，怎麼會有心跳呢？」小禮心想這話一定有道理，沒有猶豫，便把這顆維他命吃下去，不久，耳畔又跟上次一樣出現了輕柔的聲音：

　　我們生活的地球，孕養了萬物，但地球的生命卻逐漸被人類傷害，也許再過幾百年後，地球將要面臨

恐怖的災難。

如果你仔細觀察生活周遭的人事物與景觀，如果一切都是和諧、美麗的，那就表示地球的心跳還是正常；相反的，如果變得令人恐怖不安、髒亂汙染，地球就是生病了，它微弱的心跳，需要被更多人聽見，才能夠拯救它。

摹寫法，是要我們培養仔細觀察的工夫，感覺我們生存世界的種種現象，假如是美好的要保存，假如是敗壞的要改善，每個人都有能力可以這麼做。

摹寫是我們對事物的感受加以生動形容描述，包括了身體五官：視覺、嗅覺、聽覺、味覺、觸覺等感受，因為精細的摹寫，你將發現你看見的世界更精采。

例如：

也許是事先接到了秋天的密報，那群層層疊疊、

峰峰相連的山脈，揮舞一把把綴點著紅流蘇、黃墜子的綠色羽扇，早就在沿途安排好了歡迎我們的隊形。（林芳萍〈險探黑虎寨〉）〔視覺摹寫〕

咖啡初沸，她把自烘的蛋糕和著熱騰騰的香氣一起端出來，切成一片片，放在每個人的盤子裡。（張曉風〈你要做什麼〉）〔嗅覺摹寫〕

他的笛子吹得很好。聲音一會兒像藍晶晶的冰雹在藍晶晶的冰上跳著，一會兒像一束細長的金色的光線，劃過荷田的上空，一會兒又像有人往清潭裡丟了幾枚石子。笛聲一響，似乎萬籟俱寂。那高闊的夜空下，也只有這一縷笛聲了。（曹文軒〈白柵欄〉）〔聽覺摹寫〕

　　豆腐味道清淡如水，要做得好吃，很不容易，紅荷園的豆腐都是師傅磨漿親點，不買現成的。（鄭宗弦〈第一百面金牌〉）〔味覺摹寫〕

　　而我，也不自覺的攤開了掌心，一轉眼，銅幣已落在我掌上，沒料到，它竟會那樣子燙手。透過手掌，有一股熱流，沸沸然湧進了我的心臟。（余光中〈一枚銅幣〉）〔觸覺摹寫〕

　　這五種感覺摹寫，除了單獨使用，也可以混合在一起使用，例如：

　　「嘎吱嘎吱」，滿頭白髮的老郵差騎著那輛又老又舊的腳踏車，來到位於巷口人行道的郵筒收取信件，他打開信箱，將一疊一疊的信件，裝進那只綠色

的大袋子。有幾封信從他的指縫間滑落，穿過位於郵筒下方的水溝蓋板，掉進黑漆漆的水溝裡。（張淑美〈賴瑞、莫德與黑皮〉）〔聽覺＋視覺＋觸覺摹寫〕

　　小禮很認真的聽完後，他在吃早餐時，突然冒出一句話跟爸爸媽媽說：「從今天開始，我要學習去感受地球的心跳了。」

　　對於小禮這突如其來的一句話，他的爸爸媽媽很擔心，以為他昨晚睡覺又踢被子，感冒發燒，而且好像把腦袋燒壞了，嚇得媽媽趕緊說：「等一下帶你去看醫生。」

閱讀遊戲

找出詩中使用的摹寫方法。

楓橋夜泊◎張繼

月落烏啼霜滿天，江楓漁火對愁眠。

姑蘇城外寒山寺，夜半鐘聲到客船。

 ## 體驗遊戲

選擇一個地方，把你的五種感官體驗感受摹寫出來。

體驗地點： ....

體驗時間： ....

....

....

視覺

嗅覺

聽覺

味覺

觸覺

啊！多活潑
可愛的腦！

　　小禮開始覺得這罐「快樂玩寫作維他命」很有意思，他真恨不得能一口氣把它們吃光光。

　　但是為了遵守約定，他一天只敢吃一顆，其他時候還是忍住了。這一天一起床，他打開一顆維他命看見：

　　感嘆法：啊！多活潑可愛的腦！

　　然後那熟悉的聲音又響起：

　　當我們遇到喜、怒、哀、樂、愛、惡、懼的事物或發生的事情時，常以呼告聲來直接表露內心的情感，這就是感嘆法。在感嘆法的句子中常會用到喔、啊、呀、哈、呵、唉、哼、咦、喲、哇、喂、哎、啦……等字，例如：

　　感嘆法的使用有加重語氣的效果，但是人活著還是要健康快樂，不能一天到晚唉聲嘆氣喔！想想看，你可以有一個多麼活潑可愛的腦袋，可以幫助你創造許多生活的樂趣，那就好好去享受吧！

來看看感嘆法的例子：

有一天傍晚，我把郵票泡在水桶裡，心想等看完卡通再來處理，沒想到媽媽要用到水桶，看到裡面黏糊糊的，毫不考慮的就往馬桶倒下去。哇！屍骨無存啊！等我看完卡通，想把那些洗完澡的郵票寶寶「撈」上來時，我真是欲哭無淚！（姜聰味〈集郵糗事〉）

「他好可憐哦，坐在這裡淋雨，會感冒的！」小番茄說。（簡媜〈淋雨的銅像〉）

咦？我還沒飛哪，而月怎就被抓下來了？銀瓶乍破，銀光照亮脈脈湖水。真好！免我勞心費力，你就已溫柔地待在那兒。（謝鴻文〈假如李白是這樣死的〉）

　　小禮聽完之後，想起自己每次忘記帶東西去學校，都會被老師罵說：「你的腦袋瓜裡是裝豆腐嗎？」

　　小禮下定決心，希望自己的腦袋可以很快有所改變，能變得聰明活潑。

　　「我要讓我的腦袋像猴子。」小禮發誓。

創作遊戲

試著用一分鐘短劇的形式，呈現感嘆法的多種語氣和心情的變化，並且把完成的劇本表演出來。

寫作範例：

（在公園裡，有一個人正在找椅子坐下。）

甲：喔！終於讓我找到椅子了，我的腿走得快斷掉了。（坐下）

另一個人走過來。

乙：唉呀！這個椅子不能坐。

甲：為什麼？

乙：因為油漆還沒乾啊！

甲：什麼，油漆還沒乾，我怎麼這麼倒楣呀！

（站起來看見自己褲子的屁股部位變紅色）

乙：哈哈哈，你變成猴子的紅屁股了。

　　甲：喂！你這個人怎麼這麼沒有同情心，我變成這樣你還笑。

　　乙：你那樣子真的很好笑嘛！

　　甲：你再笑，再笑我就⋯⋯

　　（乙看甲生氣了，趕快逃跑。甲追過去，結果踩到香蕉皮。）

　　甲：唉喲喂呀！誰這麼沒有公德心！我今天怎麼這麼倒楣呀！

....

....

....

....

....

....

....

收藏有意思的話

　　小禮在學校收到一封情書，沒想到是班上的小丸子寫的。

　　小禮上數學課時偷偷把它打開來看，裡面寫著：「你是我的巧克力。」小禮專心的看，忍不住呵呵笑出聲，完全沒察覺老師已經走到他身邊。老師把信沒收，小禮緊張得手足無措，真怕老師把信公開。

　　真糟糕，小禮的「心想事成」，老師居然打開信，在講臺上跟大家說，我們今天一起來學一句讚美人的話：「你是我的巧克力。」說完之後，全班也跟著呵呵大笑，使小禮和小丸子害羞得好想找個地洞鑽進去。

　　回到家後，小禮只想忘了學校發生的事，他打開一顆維他命看見：

　　引用法：收藏有意思的話。

　　他吃下維他命，躺在床上聽著：

在文章中引用別人的話或格言、成語、典故、俗語等，可以加強自己言論的說服力，這種修辭方法叫引用法。例如：

俗話說：「早起的鳥兒有蟲吃。」所以你就別再賴床了，要不然早餐就被吃光了。

我們的腦袋也可以像銀行，不存錢，但可以存入許多有意思的話。如果是對人有益的好話，收藏越多，想用的時候隨時拿出來用，隨時拿出來反省、實踐，改正自己生命的缺點，生命會越來越美好。

想想看，你存了多少好話呢？

小禮低下頭，嚴肅的想，他覺得自己收藏太多難聽的髒話了，以後要慢慢改正過來。

閱讀遊戲

從一本自己喜歡的書中，找出書中引用別人的話或成語、典故、俗語。

....

....

....

....

 # 創作遊戲

1.應用以下的格言、成語、典故、俗語造句，並將每一則編成一段小故事。

❶ 吃果子拜樹頭

❷ 天生我才必有用

❸ 書中自有黃金屋

❹ 一年之計在於春

❺ 今日事今日畢

❻ 三十六計，走為上策

❼ 失敗為成功之母

⑧ 小時了了，大未必佳

⑨ 放下屠刀，立地成佛

⑩ 一言既出，駟馬難追

⑪ 天下無難事，只怕有心人

⑫ 脫褲子放屁

2.依照下列的主題，聯想出適合的格言、成語、
典故或俗語。

❶ 交朋友

❷ 運動

❸ 大自然

❹ 讀書

❺ 花

看文字玩疊羅漢

隔天在學校下課時，小禮和同學開心的玩著疊羅漢，玩了幾回後，輪到小禮在最底下做支撐，其他同學一個個先踩著底下的人的背，再跪下，一層一層的人疊高到第三層之後，小禮覺得全身有如千金重，手已經在發抖了。

小禮心裡想罵同學肥得像豬等等髒話，但最後忍住了，因為昨天才學會收藏好話嘛。

不過，這天放學，小禮手痠痛不已，連抬起來都有些吃力，他當下決定以後再也不玩疊羅漢了。回家後最期待的事，就是再打開了一顆維他命，這次指示的是：

類疊法：看文字玩疊羅漢。

「不！我才不要再玩疊羅漢了！」雖然心裡這麼抗拒著，可是那熟悉的聲音又響起，字正腔圓的說著：

　　寫作時把同一個字、詞、語句，接二連三反覆地使用，就叫類疊。類疊有四種形式：

　　疊字──同一字詞連續重複使用，例如：冷冷、靜靜的、亮晶晶、濛濛細雨、平平安安、考慮考慮、慌慌張張的……等。

　　類字──同一字詞間隔重複使用，例如：十全十美、應有盡有、忍無可忍……等。

　　還有隔句重複出現相同字詞的情形，例如：伺候著河上的風光，這春來一天有一天的消息；關心石上的苔痕，關心敗草裡的鮮花，關心這水流的緩急，關心水草的滋長，關心天上的雲霞，關心新來的鳥語。

（徐志摩〈我所知道的康橋〉）

疊句——同一語句連續重複使用，例如：

來了！來了！

從山坡上輕輕的爬下來了。

來了！來了！

從椰子樹梢上輕輕的爬下來了，

撒了滿天的珍珠和一枚又大又亮的銀幣。（楊喚〈夏夜〉）

類句——同一語句間隔重複使用，例如：

關關雎鳩，在河之洲。窈窕淑女，君子好逑。參差荇菜，左右流之。窈窕淑女，寤寐求之。求之不得，寤寐思服。悠哉悠哉，輾轉反側。參差荇菜，左右采之。窈窕淑女，琴瑟友之。參差荇菜，左右芼之。窈窕淑女，鐘鼓樂之。（詩經〈國風關雎〉）

　　語詞反覆的出現，朗誦時容易朗朗上口，可以使人印象深刻，也比較容易打動讀者的心靈喔！

　　一點也沒錯，小禮聽完之後，他居然記得最後引用《詩經》的幾句詩，不自覺的念起來，不過也有幾個字念錯，結果就變成了：「窈窕淑女，君子好球。三支芹菜，左右有汁。」好險，他不是念給他喜歡的女生曾美麗聽，要是念錯就糗了。

 ## 閱讀遊戲

　　1.找出詩中的類疊語句

登幽州臺歌◎陳子昂

前不見古人，後不見來者。

念天地之悠悠，獨愴然而涕下。

....

....

....

　　2.用類疊修辭玩接龍，前面一個人接的句子若是三個字，後面一個人則要四個字，依序五個字，六個字……，每個句子開頭不一定要承接前一個句子，例如：

　　黑漆漆→冷冷清清→孤零零一人→香噴噴的炸雞→天上星星亮晶晶→一片綠油油的稻田→一粒粒金黃色的稻米→媽媽小心翼翼的端著湯

誰的膽子
被嚇破了？

　　小禮的同學黑輪放學後到小禮家一起做功課，黑輪寫完功課後問小禮說：「你想不想去看最近上映的一部恐怖鬼片？」

　　「那是限制級的，我們還沒滿十八歲不能去看。」小禮說。

　　「我帶你去一家我哥哥的同學他們家開的戲院，他爸爸會讓我們偷偷進去看。」

　　「這樣好嗎？」

　　「我看你是膽子小不敢去看吧！」

　　「誰說的，我的膽子像地球一樣大，天不怕地不怕。」小禮大聲反駁黑輪。

　　「既然你這麼說，那我們明天就去看吧！」

　　不等小禮回答，黑輪已經收拾好書包要回家了。小禮送走黑輪後，他突然有點後悔，後悔自己太衝動說出誇張的話，但話已說出，再也收不回，明天只好

硬著頭皮去看那部恐怖片了。

　　也許是一直在想像恐怖片的內容，害小禮晚上失眠了，睡不著的他，又拿出一顆維他命，這次內容是：

　　誇飾法：誰的膽子被嚇破了？

　　他耐心聽下去：

　　誇飾法又叫「誇張法」，就是故意誇大用詞，超過事實來表達事情，給人強烈的感受。例如臺灣有首搖籃歌是這樣唱的：「嬰仔嬰嬰睏，一暝大一寸。嬰仔嬰嬰惜，一暝大一尺。」形容小嬰兒受到良好的照顧，一夜就能長大一尺，這就是和事實不同，不可能發生的誇張，除非那個嬰兒喝了《愛麗絲夢遊奇境》中的「長大水」，或者被哆啦A夢的道具變大了才有可能。

　　又如詩人李白有一首〈秋浦歌〉：「白髮三千

丈，緣愁似箇長。不知明鏡裡，何處得秋霜。」把人的白頭髮形容成有三千丈那麼長，簡直像妖怪了，但是為了表達詩人內心的愁悶而使頭髮變白，這樣的誇張又變得讓人可以了解而且同情了。

詩人喜歡用誇大的語詞來表達心情，再舉一個例子，杜甫〈聞官軍收河南河北〉：「劍外忽傳收薊北，初聞涕淚滿衣裳。卻看妻子愁何在，漫卷詩書喜欲狂。」詩人聽到國家軍隊打勝仗馬上哭到衣裳都溼掉，接著又興奮到快發狂，心情的變化實在太高昂有趣了。

好了，不要害怕用誇張的修辭，如果你的形容可以讓人嚇破膽，那表示你的寫作修辭功力變得很厲害囉！

小禮聽完之後，看看時間才十二點多，他還是不想睡，他覺得這一夜真是漫長，地球上的時間好像停止轉動了。

隔天，小禮和黑輪如約定到戲院集合，不過幸好他們沒有被通融，還是被阻擋下來不能進去看恐怖片。小禮鬆了一口氣，感覺心中的一個巨大石頭落下了。

過完週末後回到學校，小禮很想找機會跟隔壁班曾美麗表白，念《詩經》中的：「關關雎鳩，在河之洲。窈窕淑女，君子好逑。」給曾美麗聽，結果小禮看到曾美麗今天穿了一雙銀色新皮鞋來學校，他忍不住脫口而出：「妳把星星穿到學校來了。」

曾美麗一聽，還搞不清楚什麼意思，哼了一聲，轉頭走開，留下錯愕的小禮站在原地吹風。

不懂小禮心情的小丸子，卻正巧出現，很煞風景的對小禮說：「你早上洗臉沒洗乾淨喔！眼角還有眼屎，好丟臉喔！」說完，又像風一樣飄走。

留在原地的小禮，更是羞慚的好想飛到外太空去，再也不要回地球了。

觀察力遊戲

以學校的一天為例子，把你眼睛所見的人事物，用誇飾法形容看看，例如：

人：中午休息時，王小明睡覺流下來的口水簡直快把教室淹沒了。

事：學校的廣播器故障，一直發出尖銳刺耳的嗚嗚聲，連校長在說什麼都聽不清楚，我的耳朵承受不了，好像被一把鑽子鑽破耳朵很不舒服。

物：曾美麗今天穿了一雙銀色新皮鞋來學校，她的鞋子亮得似乎是把太陽帶到學校來了。

不一樣的維他命

我知道我什麼
都不知道

　　不知不覺中，小禮已經吃了好幾顆「快樂玩寫作維他命」，他逐漸不再排斥寫作文這件事了。

　　一早，小禮就收到阿里不達魔法師的一封信。阿里不達魔法師實在很厲害，連小禮已經吃掉幾顆維他命都知道，所以他信裡寫了許多勉勵鼓勵小禮的話。

　　小禮心情喜悅，接著打開另一顆維他命：

　　設問法：我知道我什麼都不知道。

　　他一看直想笑，因為在學校每次被老師問問題，他總是回答不知道，老師也總是搖頭回他說：「你的腦袋瓜丟在哪裡你知道嗎？」

　　小禮笑著心想，下次我就跟老師回答這句話：「我知道我什麼都不知道。」

　　他耳朵裡又響起聲音，他再往下聽下去：

　　古代希臘有個哲學家叫蘇格拉底，他在神殿的柱子上看見一句銘言：「我知道我什麼都不知道。」他

從這句話中得到啓發——發現原來我們人都是無知的，所以要勇於承認自己什麼都不知道，因此更要永無止盡的去思考探索人生的智慧。

人出生後，隨著越來越成長茁壯，對外界的好奇心也越來越強，所以會發出許多疑問。有疑問尋求解答的方法很多，但在寫作時，爲了使自己想要表達的意思，具有刺激與反應雙重的作用，可以藉問話的語氣，加強對讀者的思考啓發，這種修辭稱爲設問。也就是說，我們寫文章可以只拋出問題，但不告訴人家答案，讓讀者自己去尋找答案。

例如問說：生活什麼事最快樂呢？

有問就要有答，有答就會逼使人去思考；不過這種問答，不會有標準答案。

再來看看一些例句：

人生什麼最苦呢？貧嗎？不是；老嗎？死嗎？都不是。我說人生最苦的事，莫若身上背著一種未了的責任。（梁啟超〈最苦與最樂〉）

他小的時候，他媽叫他去買紅糖，他買了白糖回來。他媽罵他，他搖搖頭道：「紅糖、白糖，不是差不多嗎？」（胡適〈差不多先生傳〉）

大海呵，

哪一顆星沒有光？

哪一朵花沒有香？

哪一次我的思潮裡

沒有你波濤的思想？

（冰心〈繁星〉）

運用設問，容易激發人的興趣，想想看你寫文章的時候，有沒有問過問題呢？

小禮聽完之後，喃喃自語：「嘿嘿，以後我寫作文時，換我來問老師問題了，說不定還會把老師考倒呢。」

 閱讀遊戲

找出詩中的設問句，並且想想如果是你詩中那個「客人」該怎麼回答？

回鄉偶書◎賀知章

少小離家老大回，鄉音無改鬢毛衰。

兒童相見不相識，笑問客從何處來？

創作遊戲

下面這段文字是傅林統〈粉身碎骨術的傳說〉寫的一段開頭，你來繼續完成故事：

「粉身碎骨術」，這是什麼學問啊？多可怕！請放心，這是「神通遊戲學院」妙用無窮的課程啊！

你也可以有魔法

不一樣的維他命

又過了幾天，一個星期日的早晨，小禮牽著家裡的狗出去散步，在路上，他又遇見了阿里不達魔法師。

「『快樂玩寫作維他命』使用的效果如何呀？」阿里不達魔法師微笑的問。

「滿好玩的！」小禮回答。

「當你越來越熟練各種寫作修辭方法，你在寫作時就好像有了魔法囉！」話說罷，阿里不達魔法師又像施了魔法，瞬間消逝無蹤。

小禮遛完狗後，回到家又打開一顆新的維他命，這次是：

轉化法：你也可以有魔法。

不過接下來出現的聲音，卻轉變成低沉的男聲，用像機器人的緩慢語調說著：

描述一件事物時，轉變其原來性質，變化成另一

種事物，而加以形容敘述的修辭法稱爲轉化，轉化有三種方式：

擬物為人——例如：

十字河道口的一棵老柳樹，不知犯了什麼毛病，誰經過他那裡，他便伸長柳條，緊緊一抱，直抱到滿意了才鬆手。（李潼〈水柳村的抱抱樹〉）

擬人為物——例如：

我是鐘

爸媽是時針

老師是秒針

他們鼓勵我向前走

不怕困難和辛苦

日夜不停服務大眾

（謝鴻文〈我是鐘〉）

擬虛為實，把抽象變具體——例如：

媽媽的愛

是塊糖

包在嘮叨裡

裹在淚水裡

藏在責罵裡

害我

東找

西找

直到懂事

才找到

（路衛〈媽媽的愛是塊糖〉）

還要提醒你，轉化法和譬喻法有點像，但仔細分辨還是有點不同的；轉化是從兩種不同的人、物之間

本質的轉換來聯想的，而譬喻則是從兩種不同人、物間的共同類似特點來聯想的，要搞清楚喔！

當你熟悉轉化法，你也彷彿擁有了魔法，可以讓無生命的物品都像人有生命活了起來；你也可以讓人變一個樣，隨心所欲，要變成大象，豬，石頭……，什麼都可以。

小禮聽完之後十分興奮，他覺得自己有了一種寫作魔法，可以偷偷在日記上把老師形容成愛噴火的恐龍過過癮了。

 ## 閱讀遊戲

找出詩中使用轉化修辭的句子。

月下獨酌◎李白

花間一壺酒，獨酌無相親；舉杯邀明月，對影成

三人。月既不解飲，影徒隨我身；暫伴月將飲，行樂須及春。

　　我歌月徘徊，我舞影零亂；醒時同交歡，醉後各分散。永結無情遊，相期渺雲漢。

 創作遊戲

　　運用轉化法，完成創作。例如：

風	風愛惡作劇，把小弟弟的帽子奪走。
秋天	
蝴蝶	
小河	
陽光	
公車	

不一樣的維他命

雪

大地

恨

山

海

快樂

書

鞋子

電線桿

將珍珠串起來

不一樣的維他命

奶奶好久沒來小禮家了。她這次來穿著一身的旗袍，脖子上還有一串珍珠項鍊，看起來好雍容華貴。原來奶奶要去拜訪姑姑男朋友的家人，若中意，就要幫姑姑定下婚事了。

小禮也感染了家人雀躍期待的心情，頻頻打聽未來姑丈的樣子，差點忘記今天該繼續使用「快樂玩寫作維他命」的事。

幸好晚上入睡前，他又想起，再打開一顆維他命看見：

頂眞法：將珍珠串起來。

小禮豎起耳朵往下聽，終於又聽見那熟悉的溫柔如黃鶯的女聲：

把前一文句的結尾當作下一句的起頭，前後聯接起來，例如：

宅中有園，園中有屋，屋中有院，院中有樹，樹

上見天，天中有月。不亦快哉！（林語堂〈來臺後十四快事〉）

運用頂真可以增加語氣節奏感，尤其是作詩歌的時候更常見，例如：

結廬在人境，而無車馬喧。問君何能爾？心遠地自偏。采菊東籬下，悠然見南山；山氣日夕佳，飛鳥相與還。此中有真意，欲辯已忘言。（陶淵明〈飲酒詩〉）

青青河畔草，綿綿思遠道。遠道不可思，夙昔夢見之。夢見在我旁，忽覺在他鄉。他鄉各異縣，輾轉不相見。（蔡邕〈飲馬長城窟行〉）

小禮聽完之後很快便了解頂真法的意義，他覺得

頂真法跟玩接龍一樣好玩呢！

可是小禮去學校跟同學說，卻沒有人聽得懂什麼是「頂真法」，胖虎居然還聽成「頂假髮」，以為小禮頭頂上戴了一頂假髮，一直想抓他頭髮證明是不是真的，實在是很離譜又搞不清楚狀況。

 ## 閱讀遊戲

中國傳統繞口令裡也有許多頂真句，請以下面這一首做挑戰，限時十秒鐘完成。若全部的人都通過了，則時間要再減少成九秒，依此類推。

布補鼓

牆上一面鼓，鼓上畫老虎，

老虎抓破鼓，買塊布來補，

不是鼓補布，而是布補鼓。

創作遊戲

1. 把下列這首歌詞中劃線的地方改寫，記得要使用頂真法聯接語詞。

我的家有個馬桶，馬桶裡面有個窟窿，窟窿上面總有個笑容，笑人間無奈好多。（劉德華演唱〈馬桶〉）

2. 將未完成句子接著寫下去。

公園的中央是一座荷花池，池中

炎炎夏日，日光

我喜歡看電影，看電影可以

媽媽翻出她小時候的照片，照片裡

遠方的山，山色

我在海邊撿到一個貝殼，貝殼

天空中白雲變成羊，羊又變成

句子也像鏡子

不一樣的維他命

　　每天早晨，小禮都會看見他姊姊在化妝，一畫就要半個小時，有時候他會注意到姊姊似乎會在臉上同一部位一直塗上粉，原來是為了遮住新長出來的青春痘。

　　還好我不是女生，每天這樣子化妝化那麼久才敢出門，跟烏龜走路一樣慢吞吞，多浪費時間啊！小禮在心底暗自慶幸自己是男生。

　　這一天小禮打開的維他命是：

　　映襯法：句子也像鏡子。

　　上次突然轉變的男聲讓小禮有些不習慣，他每次都期待會聽見熟悉的女聲，結果這一次，他又被嚇到了，出現的聲音，居然有點像小禮自己在說話：

　　在句子中，把兩種相反的觀念或事實放在一起，互相對照比較，使意義更突顯的修辭稱為映襯。

　　映襯就好像在照鏡子，會看見東西相反的樣子；

使用映襯修辭也好像在一片黃土地上看見一朵豔麗的紅花，會讓紅花的美麗更明顯的吸引到人的目光。

映襯又分成三類，同一個人事物，以相反的語詞表現叫「反襯」；兩種不同的人事物，用不同觀點來描寫叫「對襯」；同一個人事物，用不同觀點來描寫叫「雙襯」，例如：

反襯——那個渾身骯髒的乞丐，卻能出口成章。（謝鴻文〈奇怪的乞丐〉）

對襯——君子之交淡如水，小人之交甜如蜜。

雙襯——

姊姊出嫁那天，

媽媽有兩張臉，

一張笑嘻嘻的臉，

像晴天的太陽，

時時照著姊姊的白紗禮服。

一張下著雨的臉，

偷偷的在屋角落，

緊緊的貼著我的臉。（謝新福〈媽媽有兩張臉〉）

 ## 創作遊戲

分組比賽找出有應用映襯的詞語或事物。

例如：紅花／綠葉、膽大／心細

不一樣的維他命

會排隊的文字

　　昨天放學時，小禮他們這一路隊的幾個男生不守規矩，還沒過校門前的馬路就自動解散，路隊長原諒他們沒向老師說，但是同路隊裡一個女生偷跑去向老師報告，所以小禮他們今天被處罰掃走廊才能放學。

　　小禮拖著疲倦的身體回到家後，倒頭馬上呼呼大睡，直到七點多晚餐時才醒來，吃完飯後，他又看了看「快樂玩寫作維他命」罐，裡面的維他命已經愈變愈少了，他又按規定打開下一顆維他命：

　　排比法：會排隊的文字。

　　再聽著解說：

　　排比法是用句型結構相似的句法，接二連三的表現出同一範圍、同一性質的事物意象。這是爲了避免句子流於單調，所以加入一些不規則的變化。例如：

　　仁者不憂，智者不惑，勇者不懼。（論語）

　　有些是過眼雲煙，倏忽即逝；有些是熱鐵烙膚，

記憶長存；有些像是飛鳥掠過天邊，漸去漸遠。（洪醒夫〈紙船印象〉）

享受付出的快樂，肯定付出的價值。（杏林子〈盡其在我〉）

你看，這些句子是不是有些文字像在排隊，而且它們都很乖排在固定的位置呢！

小禮覺得很神奇，為什麼每天他使用的維他命，都跟他當天發生的事有些相關，他真想去找阿里不達魔法師一次問個明白，問他可不可提前拆開下一顆修辭維他命，這樣或許他就能預料到明天會發生的事。

沒想到，小禮還沒去找阿里不達魔法師，「快樂玩寫作維他命」罐自己一直晃動，過了一會就掉出一

張紙，上面竟然寫著：**不可以提前使用！**

「看來我還是得乖乖的每天用一顆才行了。」小禮無奈的告訴自己。

 ## 創作遊戲

假設你現在正逛一家大賣場，請用排比法作廣告宣傳，為各種商品推銷，例如：

拖把——從廚房拖到書房，從樓上拖到樓下，威力拖把，輕鬆好用，讓媽媽工作也會笑。

燈泡——它是指引你家方向的燈塔，是溫暖你家溫度的太陽。

兩兩相對，
相看兩不厭

　　學校體育課，體育老師不知道哪根筋不對，突然說要教大家跳土風舞，而且要男生女生一對。不知道是老師故意安排，或天意注定，小禮又和愛慕他的小丸子湊在一起了。

　　小禮心裡雖然不甘願，但為了表現出男生應有的紳士風度，還是彆扭的牽起了小丸子的手，可是跳舞過程中，小禮腦海中想的都是曾美麗，倆人彷彿一對小情侶般，跟著音樂款款舞動。

　　回家之後，小禮覺得自己好像戀愛了。

　　帶著喜悅的心，繼續打開的修辭維他命是：

　　對偶法：兩兩相對，相看兩不厭。

　　往下聽見敘述說：

　　語句中上下兩句，字數相等，句法相似，音韻平仄相對的，就叫對偶。對偶的作用可以使文章形式工整，對偶的句子往往是全文中最精采的地方，可以看

出作者特別強調的用心。對偶又分成幾類，例如：

句中對——同一句上下兩個詞語相對，例如：青山綠水、飲水思源、開花結果、左鄰右舍、談天說地、耳濡目染。

單句對——上下兩句相對，例如：白日依山盡，黃河入海流。欲窮千里目，更上一層樓。（王之渙〈登鸛鵲樓〉）

隔句對——第一句與第三句對，第二句與第四句相對，例如：大肚能容，容天下難容之事；開口便笑，笑世間可笑之人。（彌勒佛殿聯）

還要注意的是，排比和對偶頗為相似，但兩者之間也有區別：對偶必須字數相等、兩兩相對，排比則

不拘；對偶避免相同用字，排比卻往往意思相同、用字也相同。你能分辨了嗎？希望你趕快找到兩兩相對，相看兩不厭的字，勇敢的使用在寫作上。

 ## 創作遊戲

先找找看詩中的對偶句，再根據詩的意思，將它改寫成一篇散文。

山光忽西落，池月漸東上。散髮乘夜涼，開軒臥閒敞。荷風送香氣，竹露滴清響。欲取鳴琴彈，恨無知音賞。感此懷故人，中宵勞夢想。（孟浩然〈夏日南亭懷辛大〉）

如海浪層層襲來

　　面對著一片蔚藍海洋，雖然夏天還沒正式來臨，但氣溫已經高漲，使得小禮再也忍受不了海的呼喚，瘋狂地跳入海中，時而游泳，時而與表兄弟們互相潑水玩，或者站在沙灘上，看海浪一層一層襲來，激起白色如花的泡沫。

　　一直玩到傍晚，回到家洗澡時，小禮才發現自己被太陽曬脫皮了，肌膚一碰到香皂就有點灼熱燒痛的感覺，害得他在浴室裡唉唉叫不停。

　　好不容易把澡洗完，回到房間，本來想直接躺下去就睡覺了，但還是抵不過修辭維他命的誘惑，他再打開下一顆：

　　層遞法：如海浪層層襲來。

　　小禮有點累，一邊打著瞌睡，一邊聽著可以催眠的輕聲敘述：

　　凡是有兩個以上的事物，依照這些事物由近而遠

（或由遠而近），由大而小（或由小而大），由輕而重（或由重而輕）等比例，依序如海浪層層排列遞進的句子就叫層遞。例如：

遠遠的，一朵白雲在風的懷抱裡，飄成一匹白馬雲，慢慢飄遠。

熱氣球往前飄，白馬雲也往前飄。

飄過小湖，飄過小河，飄過遠遠的群山……

白馬雲飄進一大片雲層裡，不見了。（林世仁〈企鵝熱氣球〉）

子曰：「知之者，不如好之者；好之者，不如樂之者。」（論語〈雍也〉）

學習寫作也要具備層遞的精神，好像在爬樓梯，一定要一階一階層層前進，貪心求快小心欲速則不達喔！

創作遊戲

　　請根據下面這個層遞修辭的句子，將它改寫成一篇故事。

　　一個和尚挑水喝，兩個和尚抬水喝，三個和尚沒水喝。

....

....

....

....

....

....

....

....

借個名稱用一下

　　小禮週末晚上通常會比較晚入睡，這個晚上，他看完一部電影之後才爬上床，正想閉上眼睛時，才想到今天還沒吃維他命，他趕緊又爬起來，正要取出維他命時，他發現桌上不知道什麼時候出現了一封信。

　　小禮謹慎的打開信封，裡面掉出一片像口香糖的東西，還有一封信，信紙打開後才知道是阿里不達魔法師寫的，內容說：

　　親愛的小禮：

　　相信你使用「快樂玩寫作維他命」的學習很愉快吧！維他命已經快使用完了，很快我會去跟你驗收成果，祝你好運！

　　因為我出遠門去一個國家，所以用寫信的方式跟你說一件事，很重要，你務必記住暫時不要用下一顆維他命，因為那顆維他命內的配方少了點東西，所以我用

一個替代品，就是那片口香糖，只要照你平常吃口香糖一樣打開包裝紙你就會知道接下來的修辭方法了。

希望你今晚有個好夢。

阿里不達魔法師

小禮讀完信，打開那片口香糖，果然在包裝紙上看見一行字寫著：

借代法：借個名稱用一下。

再將口香糖放入嘴巴裡咀嚼，咬著咬著，他的耳畔竟出現阿里不達魔法師低沉的聲音：

修辭學裡的借代，也就是行文造句時，不用本來的詞語，而另找其他相關名稱或語詞代替。例如李白〈長干行〉：「八月蝴蝶黃，雙飛西園草；感此傷妾心，坐愁紅顏老。」用「紅顏」來代替形容人的青春容貌。

不一樣的維他命

下面的句子就要考考你，看你能答對幾題：

1.他在網路上被人家說成是「丁丁」。

2.楊家將眞是「巾幗」不讓「鬚眉」。

3.人生自古誰無死，留取丹心照「汗青」。

4.老師手不釋「卷」。

5.兩個國家希望化「干戈」爲「玉帛」。

6.當上縣長要造福「桑梓」，功在「社稷」。

7.李醫生如「華陀再世」。

8.陳老師的愛心傳爲「杏壇」佳話。

9.「烽火」連三月。

10.小明家不幸遭遇「祝融」，化爲灰燼。

11.哥哥去約會時，我不想在旁邊當「電燈泡」。

12.無「絲竹」之亂耳，無「案牘」之勞形。

13.媽媽這幾個月連續收到六個「紅色炸彈」，她要破費了。

14.你的行為簡直是「東施效顰」。

15.我們都是「龍的傳人」。

16.金城武有如「潘安再世」。

17.小甜甜長大後立志做「白衣天使」。

18.小安在學校和同學打架，回家後準備要吃爸爸的「竹筍炒肉絲」。

19.姐姐對著鏡子看她的「三千煩惱絲」發呆。

20.大雄的成績單上又「滿江紅」了。

小禮接受測驗後，結果對幾題呢，噓！不能說！

在山路繞過來
繞過去

　　小禮看著「快樂玩寫作維他命」罐裡剩下最後兩顆維他命了，他的心情很複雜，一方面高興，一方面卻又覺得有點不捨。

　　打開倒數第二顆，內容是這樣的：

　　回文法：在山路繞過來繞過去。

接下去聽：

你有坐過車去山裡嗎？有時候寫文章時，把一個句子的上句相同的文字改換次序而形成下句，上下兩句詞彙大多相同，只是詞序相反，就如同山路繞來繞去，這種修辭法叫作回文。

回文常被使用在我們生活周遭的廣告或看板宣傳詞上面，因為這樣的句子簡單明瞭又好記，例如：

1. 喝酒不開車，開車不喝酒。

2. 犧牲享受，享受犧牲。

3. 我為人人，人人為我。

4. 青山抱綠水，綠水抱青山。

5. 讀書不忘休閒，休閒不忘讀書。

6. 時代考驗青年，青年創造時代。

7. 河水不犯井水，井水不犯河水。

8. 要耕耘才有收穫，要收穫必先耕耘。

9.人生如戲，戲如人生。

10.詩中有畫，畫中有詩。

在中國杭州西湖孤山有一副對聯，上面寫著：

水水山山處處明明秀秀

晴晴雨雨時時好好奇奇

這副對聯如果倒過來念就變成：

秀秀明明處處山山水水

奇奇好好時時雨雨晴晴

這前後兩副對聯意思有點不同，你能說說看嗎？

小禮一直抓著後腦勺，彷彿一個月沒洗頭長頭蝨，他想了老半天還是想不出意思，哈欠連連只好先去睡覺了。

小心有密碼

不一樣的維他命

　　「快樂玩寫作維他命」罐裡終於剩下最後一顆維
他命了。

　　阿里不達魔法師又出現在小禮上學必經的路上，
他笑咪咪地看著小禮，拿出一張紙條，告訴他說：
「最後一顆維他命很特別，需要密碼才能打開喔，這
裡有一個題目，你必須先解題找出密碼，然後說出密
碼就可以打開了。」

　　小禮接過紙條，打開紙條後看見上面寫著：「一
元復始氣象新，三心二意不成器，天地四方努力行，
五福臨門天天喜。」

　　看完之後，小禮直覺有一組密碼藏在
裡頭：13245。

　　如果不是要趕著去上課，小禮真想
立刻衝回家去打開最後一顆維他命。一
整天他都很小心的注意阿里不達魔法師

給的紙條，生怕會搞丟這東西，那就功虧一簣了。

總算盼到放學回家，小禮先試看看打開維他命，不管怎麼使用都無法打開。於是慎重的對著維他命說出「13245」，然後再打開維他命，果然可以輕鬆打開，一如往常在維他命裡面看見修辭方法：

雙關法：小心有密碼。

再等候一會，又聽見：

一個詞語或句子除了字面的意思，還包含了字面外的另一層意思，這就叫作雙關。雙關有幾種，意義雙關，例如：春蠶到死絲方盡，蠟炬成灰淚始乾。（李商隱〈無題〉）其中的「絲」是「思」的替代，含有相思的意義。

暗示雙關，例如：蠟燭有心還惜別，替人垂淚到天明。（杜牧〈贈別〉）這裡是用蠟燭滴蠟油暗示像為人哭泣。

用雙關語的時機常見兩
種：一種是情感含蓄不
想直接說出心意，
會用雙關語暗示；
還有一種可能是
發生什麼事情，
怕直接得罪人或
傷害到自己，刻意用

雙關語遮掩一下，既能達到批評、嘲諷對方的目的，
也可以保住自己的安全。

所以看到雙關句要小心思量，句子裡彷彿藏著密
碼。要先動腦破解才能知道意義喔！

創作遊戲

1.繼續發揮名偵探柯南的精神，尋找日常生活中聽過的雙關語。

2.下面是張嘉驊〈怪怪寵物電子書〉的一段故事。

比方說「二十四笑」吧，原先說的是一個「笑子」煮布鞋給媽媽吃的故事。現在說的是另一個「笑子」為了讓爸爸睡好覺，脫光上衣在爸爸床上餵蚊子，沒想到卻餵出了登革熱⋯⋯

這裡是從「二十四孝」的民間故事裡以雙關語重新想像構成故事，試著完成另外二十二個「笑子」的故事。

驗收成果

　　小禮終於用完「快樂玩寫作維他命」。可是，他也因此覺得生活裡好像丟掉了一個重要的東西，心裡空空的，說不上是不是難過的感覺。

　　一連幾天陰雨綿綿，小禮常常倚在窗戶邊，看著雨像絲線一條一條連綴著。小禮專注凝視著，大腦忽然像被敲了一下，清醒振奮地叫著：「**啊！我知道了！為什麼有一個謎語：一根線，兩根線，三根線，掉進水裡看不見，答案會是雨了。雨真的像一條線，天空就是它們的圖畫紙。**」

　　小禮越想越開心，覺得自己的創意和想像力似乎開始變得不一樣，本來的大腦常常凝固如同水泥塊，現在則是自由自在隨意可以像水一樣流動。

　　此時，屋簷下突然有一隻蜘蛛，沿著一條蜘蛛絲垂降下來，牠的嘴裡咬著一封信。

　　小禮一看，直覺蜘蛛一定是阿里不達魔法師派來

的。他毫不猶豫的把信接過來，馬上打開來看。

親愛的小禮：

恭喜你用完了「快樂玩寫作維他命」。再過不久，你一定會有一種充實的感覺，因為你已經學會好多寫作可以派上用場的修辭方法，而且會應用越來越熟練，相信寫作對你不再是痛苦的難事了。

為了驗證你收穫的成果，證明「快樂玩寫作維他命」的效果，請在三十分鐘後到屋外，看看天空，你將會看見天空放晴，天空將會出現美麗的彩虹。

看到彩虹，仔細觀察，明天就是驗收成果的時刻了。

記住，一定要準時在三十分鐘後，慢一分鐘，就少看彩虹一分鐘。當你全心全意去感受時，你的想像力會讓你看見不一樣的彩虹。

阿里不達魔法師

不一樣的維他命

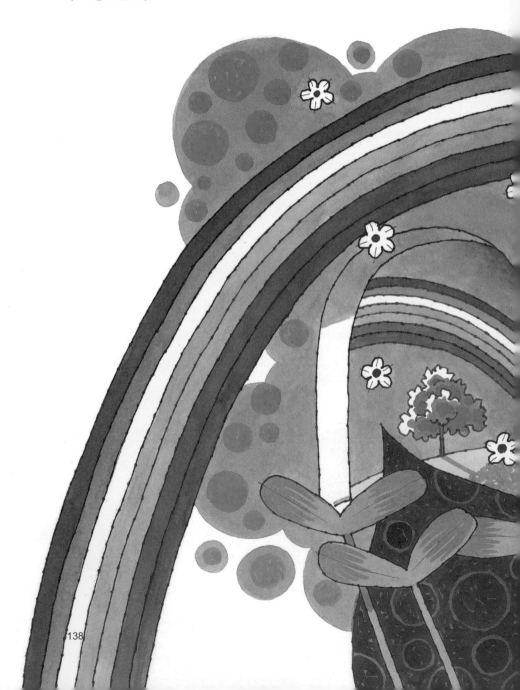

　　看完信，小禮開始興奮期待著雨停，期待看見阿里不達魔法師說的「不一樣的彩虹」。但想想上一次看見彩虹是什麼時候呢？小禮有點想不起來了，印象中彩虹消逝很快，色彩很漂亮，除此之外好像沒其他感覺了。

　　屋外的雨，過一陣子總算慢慢停歇。

　　小禮迫不及待走到屋外，空氣中瀰漫清新溼潤的味道，再抬頭看看天空，原本一片烏黑的雲，有些慢慢散開，太陽又露臉，微微的金光射出，烏雲像是害怕光劍繼續遠離。

　　天空被水洗過，湛藍如一面乾淨的湖。彩虹就在這湖上現身，搭起了一座七色橋，吸引人用目光走過，不知不覺中，臉上的笑容也浮現，彎彎的像一座吊橋。

　　「這真是天空的精采傑作啊！」小禮看完之後，

忍不住讚嘆。

因為全心全意去感受，想像所見的彩虹的確變不一樣，印象也更深刻了。

不久美麗的彩虹漸漸消失，阿里不達魔法師的臉忽然出現在天空，從遙遠的天際傳來聲音：

「小禮，你剛才心裡所想的形容，真的是傑作啊！」

小禮帶著微笑回應，摸著頭有些不好意思，心裡生出一股很甜蜜很甜蜜的喜悅滋味。

國家圖書館出版品預行編目資料

不一樣的維他命／謝鴻文作；徐建國圖. - 初
版 . --臺北市：幼獅，2017.08
面； 公分. --（故事館；47）
ISBN 978-986-449-083-7（平裝）

859.6 106008246

・故事館047・

不一樣的維他命

作 者＝謝鴻文
繪 者＝徐建國
出 版 者＝幼獅文化事業股份有限公司
發 行 人＝李鍾桂
總 經 理＝王華金
總 編 輯＝劉淑華
副總編輯＝林碧琪
主 編＝林泊瑜
編 輯＝周雅娣
美術編輯＝李祥銘
總 公 司＝10045臺北市重慶南路1段66-1號3樓
電 話＝(02)2311-2832
傳 真＝(02)2311-5368
郵政劃撥＝00033368

印 刷＝欣佑彩色製版印刷股份有限公司
定 價＝250元
港 幣＝83元
初 版＝2017.08
書 號＝984215

幼獅樂讀網
http://www.youth.com.tw
e-mail:customer@youth.com.tw
幼獅購物網
http://shopping.youth.com.tw